나, 살아남았지

나, 살아남았지

베르톨트 브레히트 시선집 | 이옥용 옮김

차례

5부
묘비는 필요 없다네

일러두기

이 책의 제1·2·4부는 각기 베르톨트 브레히트의 초기·중기·후기 시 세계를
대표하는 시집 『베르톨트 브레히트의 가정 설교집 *Bertolt Brechts Hauspostille*』
(1927), 『스벤보르 시편 *Svendborger Gedichte*』(1939), 『부코브 비가 *Buckower
Elegien*』(1954)에서 가려낸 시들을 중심으로 구성되었다. 제3부에서는 『스벤
보르 시편』에 실린 동요 3편을 포함하여 브레히트의 동요·동시를 따로 소개
하고, 제5부에는 특정 시집에 실리지 않았던 개별 시들을 모아 실었다.

1부
베르톨트 브레히트의 가정 설교집

아펠뵈크 또는 들에 핀 백합

1

야코프 아펠뵈크는 은은한 빛 속에서
제 아비와 어미를 때려죽였다.
그러고는 시신을 세탁물장 안에 넣은 뒤 잠갔다.
그리고 집에 그대로 있었다. 혼자였다.

2

하늘엔 구름들이 두둥실 떠다녔다.
그리고 집 주위로 여름 바람이 살랑살랑 불었다.
야코프는 집 안에 앉아 있었다.
일주일 전 야코프는 아직 아이였다.

3

여러 날, 낮이 가고 밤도 갔다.
몇 가지를 빼고는 달라진 게 없었다.
야코프 아펠뵈크는 부모님 곁에서 그저 기다렸다.
어떤 일이 일어나려면 일어나라지, 하며.

4

우유를 배달하는 여자는 여전히 우유를 집 안으로 가져온다.
크림을 걷어 낸 달콤하고 기름지고 시원한 탈지유를.
야코프 아펠뵈크는 마시다 남은 우유는 쏟아 버린다.

야코프 아펠뵈크는 이제는 많이 마시지 않기 때문이다.

5

신문 배달부는 여전히 신문을 가져온다.
해 질 무렵 무거운 걸음으로
신문을 우편함에 달그락 던져 넣는다.
하지만 야코프 아펠뵈크는 신문을 읽지 않는다.

6

시체 냄새가 온 집 안에 퍼지자
야코프는 엉엉 울었다. 그리고 병이 났다.
야코프 아펠뵈크는 울면서 자리를 떴다.
그때부터는 발코니에서만 잤다.

7

매일같이 오는 신문 배달부가 말했다.
무슨 냄새가 이렇게 지독하니?
야코프 아펠뵈크는 은은한 빛 속에서 말했다.
세탁물장 안에 있는 빨랫감 냄새예요.

8

매일같이 오는 우유 배달부가 말했다.

이게 무슨 냄새지? 꼭 죽은 사람에게서 나는 냄새 같네.
야코프 아펠뵈크는 은은한 빛 속에서 말했다.
찬장에 있는 송아지 고기가 썩는 냄새예요.

9
언젠가 그들이 세탁물장을 들여다보았을 때
야코프 아펠뵈크는 은은한 빛 속에 서 있었다.
왜 그런 짓을 저질렀냐고 그들이 묻자
야코프 아펠뵈크는 말했다. 저도 몰라요.

10
이튿날 우유를 배달하는 여자가 말했다.
그 애가 조만간
야코프 아펠뵈크가 한 번 더
불쌍한 제 부모 무덤을 찾아가기나 할까?

영아 살해범 마리 파라에 대해

1

마리 파라, 4월 출생, 미성년자,

이렇다 할 특징 없음, 구루병, 고아

이제껏 꾸중 한 번 듣지 않은 것 같았는데

아이를 고의로 죽였다고 주장하네.

임신 두 달째에 이미

어느 부인의 집 지하실에서

주사 두 대로 아이를 지우려고 했다네.

아프긴 했는데 애는 나오지 않았다네.

하지만 여러분에게 부탁한다. 분노하지 마라.

무릇 피조물이란 모든 이의 도움이 필요한 것이니.

2

그래도 약속한 금액은 곧바로 냈다네.

그리고 코르셋을 입었다지.

통후추를 갈아 넣은 위스키도 마셨고.

하지만 극심한 설사가 나서 다 내보냈다지.

마리의 몸은 눈에 띄게 부풀어 올랐고

엄청나게 아팠단다. 접시 닦을 때 자주 아팠다네.

마리 말로는 그래도 견딜 만했다고.

마리는 마리아에게 간절한 마음으로 기도했단다.

하지만 여러분에게 부탁한다. 분노하지 마라.

무릇 피조물이란 모든 이의 도움이 필요한 것이니.

3

하지만 기도는 아무 소용이 없는 것 같았다지.

너무 과한 것을 요구한 것이기도 했지.

몸이 더 불어나자 마리는

아침 미사 때 현기증이 났단다.

시도 때도 없이 땀을 흘렸고

제단 밑에 있을 때면 식은땀도 자주 흘렸다.

하지만 출산 전까지는 임신 사실을 숨겼단다.

아무도 눈치채지 못했단다. 매력이라고는 눈곱만큼도 없는

그녀가 유혹에 빠졌다고 믿을 사람은 아무도 없었을 테니까.

하지만 여러분에게 부탁한다. 분노하지 마라.

무릇 피조물이란 모든 이의 도움이 필요한 것이니.

4

마리는 말한다.

이른 새벽, 가파르고 좁은 나무 계단을 닦는데

꼭 내 손톱이 배를 마구 할퀴는 것 같았어요.

몸이 마구 흔들렸다.

하지만 마리는 아프지 않은 척할 수 있었다.

온종일, 빨래를 너는데 너무나 골치가 아팠다.

마리는 아기를 낳아야 할 것만 같았다.

그러자 마리는 슬퍼졌다.

밤늦게야 비로소 마리는 위층으로 올라갔다.

하지만 여러분에게 부탁한다. 분노하지 마라.

무릇 피조물이란 모든 이의 도움이 필요한 것이니.

5

마리가 누워 있는데, 사람들은 또다시 마리를 불러냈다.

눈이 내렸는데 마리가 그걸 비로 쓸어야 했던 것이다.

밤 11시까지 눈을 치웠다. 참으로 기나긴 하루였다.

밤이 되어서야 마리는 편안히 출산할 수 있었다.

마리가 말한다. 아들 낳았어요.

아들은 다른 집 아들들과 다르지 않았다.

하지만 마리는 다른 집 엄마들과 달랐다.

난 마리를 업신여길 이유가 없다.

하지만 여러분에게 부탁한다. 분노하지 마라.

무릇 피조물이란 모든 이의 도움이 필요한 것이니.

6

그러니 그 아들이 어떻게 되었는지

조금 더 얘기하겠다.

(마리는 아이에 대해 아무것도 숨길 생각이 없었단다.)

내가 어떤 사람이고 당신이 어떤 사람인지 사람들이 알 수 있도록.

마리는 잠시 동안 침대에 있었는데 꼭 토할 것만 같았단다.

무슨 일이 일어날지 모른 채 비명을 지르지 않으려고 용을 썼단다.

하지만 여러분에게 부탁한다. 분노하지 마라.

무릇 피조물이란 모든 이의 도움이 필요한 것이니.

7

마리는 자기 방이 얼음장처럼 춥기도 해서

젖 먹던 힘을 다해서 간신히 뒷간으로 갔단다.

그리고 그곳에서(언제인지는 모른단다) 아침 무렵, 덜커덕 아기를 낳았단다.

머릿속이 완전히 뒤죽박죽인 데다

하인들이 쓰는 뒷간엔 눈발이 들이쳐서

몸이 이미 거지반 얼어붙어 아기를 붙잡을 수도 없었단다.

하지만 여러분에게 부탁한다. 분노하지 마라.

무릇 피조물이란 모든 이의 도움이 필요한 것이니.

8

그런데 불도 안 땐 골방과 뒷간 사이에서 ─그전에는 아무 일도 없었단다.─아기가 자지러지게 울기 시작했다.

마리는 너무 짜증이 나 두 주먹으로 정신없이 아기를 마구 때렸단다.

아기가 조용해질 때까지 계속.

그러고는 죽은 아기를 곧바로 침대에 데려가 밤을 샜단다.

그리고 아침에 세탁장에 아기를 숨겨 놓았단다.

하지만 여러분에게 부탁한다. 분노하지 마라.

무릇 피조물이란 모든 이의 도움이 필요한 것이니.

9

마리 파라, 4월 출생,

미혼모, 최종 판결 받고

마이센 감옥에서 사망한

그녀는 모든 피조물의 육체적, 정신적 결함을 당신들에게 입증
하고자 한다.

깨끗한 산욕(産褥)에서 아기를 순산하고

임신한 배를 보고 "축복받았다"고 말하는 당신들이여,

의지박약하고 타락한 자들을 저주하지 마라.

그들의 죄는 무거웠지만 그들의 고통은 컸기 때문이다.

하지만 여러분에게 부탁한다. 분노하지 마라.

무릇 피조물이란 모든 이의 도움이 필요한 것이니.

세상의 친절함에 대해

1
찬바람 가득한 이 세상에
너희는 모두 발가벗은 아이로 왔다.
한 여자가 너희에게 기저귀 채워 줄 때
너희는 가진 것 하나 없이 꽁꽁 언 몸으로 누워 있었다.

2
그 누구도 너희를 큰 소리로 부르지 않았다. 너희는 원치 않았
던 아이들.
사람들은 너희를 차에 태워 데려가지 않았다.
언젠가 한 남자가 너희 손을 잡았을 때
너희는 이 세상에서 이름이라곤 없는 존재들이었다.

3
세싱은 너희에게 아무 죄도 짓지 않았다.
너희가 떠나 버린다 해도 아무도 붙잡지 않는다.
얘들아, 너희는 많은 이들에게 조금도 중요하지 않았을 것이다.
하지만 많은 이들이 너희 때문에 눈물을 흘렸다.

4
찬바람 가득한 이 세상을
너희는 모두 부스럼과 딱지투성이인 채로 떠나간다.

사람들이 흙 두 줌 뿌릴 때
거의 누구나 이 세상을 사랑했다.

위대한 감사의 송가(頌歌)*

1

너희를 에워싸고 있는 밤과 어둠을 찬양하라!

무리 지어 오너라.

하늘을 쳐다보라.

낮은 지나가 버렸다.

2

너희 곁에서 살고 죽는 풀과 짐승들을 찬양하라!

보라, 풀과 짐승은

너희처럼 살아가고

너희와 함께 죽기도 할 것이다.

3

썩어 가는 짐승의 시체에서 환호성을 지르며

하늘을 향해 쑥쑥 자라나는 나무를 찬양하라!

썩어 가는 동물 시체를 찬양하라.

그것을 아귀아귀 먹어 버린 나무를 찬양하라.

그리고 하늘도 찬양하라.

4

하늘의 시원찮은 기억력을 온 마음으로 찬양하라!

하늘이 너희 이름과 얼굴을 모른다는 걸 찬양하라.

너희가 아직도 존재한다는 건 아무도 모른다.

5
추위와 어둠과 타락을 찬양하라!
저 위를 올려다보라.
너희가 좌우하는 건 없다.
너희는 아무 걱정 없이 죽어도 된다.

---

* 독일의 목사이며 작사, 작곡가였던 요아힘 네안더(1650-1680)가 1680년에 작곡
한 찬양곡 〈주를 찬양하라〉(우리나라에서는 〈다 찬양하여라〉로 알려짐)를 패러디
한 시이다.

마리 A.의 추억

1

푸르렀던 9월 어느 날
어린 자두나무 밑에서 말없이
그녀를, 고요하고 창백한 그 사랑을
품에 안았지. 사랑스러운 꿈을 안듯.
우리 위, 아름다운 여름 하늘엔
구름 하나 있었지. 오랫동안 난 바라봤어.
새하얀 그 구름은 까마득히 높은 곳에 있었어.
내가 올려다보자 사라지고 없었지.

2

그날 이후 여러 달이, 오랜 세월이 소리 없이 흘러갔네.
아마도 자두나무들은 베어 넘어졌겠지.
사랑은 어찌 됐냐고 넌 내게 묻는 거니?
그럼 난 말하지. 기억 안 나.
네가 무슨 생각 하는지 다 알아.
하지만 난 그녀의 얼굴은 정말 몰라.
내가 아는 건
언젠가 그 얼굴에 입맞춤했다는 것뿐.

3

하늘에 구름 떠 있지 않았다면

입맞춤도 오래전에 잊었을 거야.

그 구름, 나 아직도 알지. 나, 그 구름 늘 알아볼 거야.

새하얀 그 구름은 저 위에서 왔어.

자두나무들은 아직도 꽃을 피우겠지.

지금쯤 그녀는 일곱째 아이를 가졌을지도 몰라.

하지만 그 구름은 몇 분 동안만 꽃처럼 피어 있다가

내가 올려다보자, 바람 속에서 이미 사라지고 없었지.

물에 빠져 죽은 소녀에 대해

1

소녀가 물에 빠져 죽은 뒤
개울에서 넓은 강으로 떠내려갔을 때
오팔 같은 하늘은 신비롭게 빛났다.
시체를 달래 주듯이.

2

바닷말과 물풀이 소녀에게 찰싹 달라붙어
소녀의 몸은 서서히 한없이 무거워졌다.
물고기들은 소녀의 발치에서 아랑곳없이 헤엄쳤고
식물들과 동물들은 소녀의 마지막 여행을 한층 더 힘들게 했다.

3

하늘은 저녁 무렵 연기처럼 어두워졌고
밤엔 별들로 빛을 일렁이게 했다.
하지만 하늘은 새벽녘에 환해졌다.
하여 소녀에게도 아직은 아침과 저녁이 남아 있었다.

4

소녀의 창백한 몸뚱이가 물속에서 썩고 있을 때 다음과 같은 일이
(매우 느릿느릿) 벌어졌다. 하느님이 서서히 소녀를 잊어버리게
된 일이.

처음엔 소녀의 얼굴을, 그다음엔 두 손을, 맨 마지막엔 머리카락을.

그러자 소녀는 강물 속에서 썩고 있는 수많은 동물 시체들처럼 되었다.

죽은 병사의 전설

1
전쟁이 일어난 뒤로 봄이 네 번이나 왔건만
평화로워질 기미가 보이지 않자
병사는 그에 대한 책임을 지고
영웅적인 죽음을 맞이했다.

2
하지만 전쟁은 아직 끝나지 않았다.
그런 까닭에 황제는 자신의 병사가
이미 죽어 버린 게 유감이었다.
아직은 때가 아니었던 것이다.

3
무덤들 위로 여름이 뒤따라왔다.
병사는 이미 잠들었다.
그런데 어느 날 밤
군대 의무(醫務) 위원회가 왔다.

4
의무 위원회는
묘지로 행진했다.
그러고는 신성한 삽으로

전사한 병사를 파냈다.

5

군의관은 병사를

아니, 그에게 아직도 남아 있는 것을 꼼꼼히 살폈다.

군의관은 그 병사가 현역 복무 적합자라는 것을 알아냈다.

또한 그가 위험을 피해 몰래 도망쳤다는 것도.

6

그들은 곧바로 병사를 데려갔다.

그날 밤은 푸르고 아름다웠다.

철모를 쓰지 않았다면

고향의 별들이 보였으리라.

7

그들은 병사의 썩어 버린 몸뚱이에

얼큰히 취하게 만드는 화주를 뿌렸다.

그리고 수녀 두 명과 반쯤 벌거벗은 여자를

그의 팔에 찰싹 붙여 놓았다.

8

병사가 부패하는 냄새가 진동하자

한 신부 나부랭이가 앞으로 절뚝거리며 가더니
병사 위로 향로(香爐)를 흔든다.
부패하는 냄새가 진동하지 않도록.

9
맨 앞에선 악대가 쿵작쿵작
경쾌한 행진곡을 연주한다.
그리고 병사는 자신이 배운 대로
궁둥짝에서 두 다리를 쭉 뻗는다.

10
두 위생병이 형제처럼
팔로 병사를 감싸 안고 걷는다.
안 그러면 그는 오물 속에 나동그라질 것이다.
그런 일은 질대로 일어나선 안 된다.

11
그들은 병사의 수의에
검정-하양-빨강을 칠했다.
그것을 병사 앞에 쳐들었다.
색깔들 때문에 오물은 더 이상 보이지 않았다.

12
가슴이 떡 벌어진 신사도
연미복을 입고 앞장서 걸었다.
그는 독일인으로서 자신의 의무를
정확히 알고 있었다.

13
그들은 쿵작쿵작 소리 내며
포장된 어두운 지방 도로 아래쪽으로 행진했다.
병사도 비틀거리며 함께 행진했다.
폭풍우 속 희미한 한 개의 눈송이처럼.

14
고양이들과 개들은 울부짖고
쥐들은 들판에서 요란하게 찍찍거린다.
그것들은 프랑스 것들이 되고 싶지 않다.
그건 치욕이기에.

15
그들이 시골 마을들을 지나갈 때면
여인들은 모두 나왔다.
나무들은 허리 굽히고 보름달은 빛났다.

그리고 모두 만세를 외쳤다!

16
쿵작거리는 소리와 환송의 외침
그리고 여자와 개와 신부 나부랭이
그 한가운데 죽은 병사가 있다.
술에 떡이 된 원숭이처럼.

17
그들이 시골 마을들을 지날 때면
아무도 그를 볼 수 없었다.
수없이 많은 사람들이 쿵작거리고 만세를 외치며
그를 빙 둘러싸고 있었다.

18
수없이 많은 사람들이 그를 둘러싸고 춤추고 꽥꽥 소리를 질러
아무도 그를 볼 수 없었다.
오로지 하늘에서만 그를 내려다볼 수 있었다.
그리고 그곳에는 오로지 별들만이 총총 떠 있었다.

19
별들이 늘 떠 있는 건 아니다.

새벽노을이 붉게 물든다.

하지만 병사는 자신이 배운 대로

영웅적인 죽음을 맞이하기 위해 행진하고 있다.

유혹에 빠지지 마라

1

너희, 유혹에 빠지지 마라!
삶이란 되풀이되지 않는 법.
한낮은 문간에 서 있다.
너희는 진즉 밤바람을 느낄 수 있을 터.
아침은 두 번 다시 오지 않는다.

2

너희, 속지 마라!
삶이란 별거 아니라는 말에.
삶을 벌컥벌컥 단숨에 들이켜라.
너희가 삶을 그만둬야만 할 때
삶은 충분하지 못할 것이다.

3

후일을 바라보며 스스로를 달래지 마라!
너희에겐 시간이 별로 남아 있지 않다!
구원받은 자들에게는 곰팡이나 피게 하라!
가장 위대한 것은 삶이다.
삶은 더 이상 준비되어 있지 않다.

4

너희, 유혹에 빠지지 마라!
부역해서 쇠약해지게 하는 유혹에!
왜 아직껏 두려움에 사로잡혀 있단 말인가!
너희는 모든 짐승들과 함께 죽을 것이며
그 후에 일어나는 것은 아무것도 없다.

불쌍한 B. B.에 대해

1
나, 베르톨트 브레히트는 검은 숲에서 왔다네.
내 어머니, 날 도시로 데려왔지.
어머니 배 속에 내가 있을 때. 하여 숲속 한기가,
내 목숨 다할 때까지 내 안에 있으리.

2
아스팔트 깔린 도시는 내 집.
애초부터 모든 종부 성사*를 받지.
신문, 엽궐련 그리고 화주(火酒)로.
의심하고 게으름 피우고, 마침내는 만족한 채로.

3
난 사람들에게 친절하지.
그들 관습대로 난 중절모를 쓰지.
난 말하지. 사람들은 참으로 특이한 냄새가 나는 동물이라고.
난 이런 말도 하지. 괜찮아요. 저도 그렇거든요.

4
오전이면 내 흔들의자들에
여인네 두셋을 앉히네.
그러고는 담담히 그들을 뜯어보며 말하지.

난 믿을 만한 남자가 못 돼요.

5

저녁 무렵이면 남자들을 불러 모으네.

우리는 서로를 "젠틀맨"이라고 부르지.

그들은 내 책상들 위에 발을 올려놓고 말하네.

우리 형편은 나아질 겁니다.

그때가 언제냐고 난 묻지 않지.

6

어스름 동틀 때면 전나무들이 오줌을 누네.

그리고 전나무들에게 해로운 동물인 새들이 우짖기 시작하네.

그즈음 난 시내에서 잔을 비우고

엽궐련 꽁초를 내던진 뒤, 불안 속에서 잠드네.

7

절대 파괴될 수 없을 것 같던 집에서

우리, 경박한 족속은 줄곧 살고 있지.

(우리는 맨해튼 섬의 고층 건물들을 짓고

대서양을 심심치 않게 해 주는 가느다란 안테나들도 설치했지.)

8

이 도시들 중 남게 될 건 도시들을 가로질러 간 바람!

집은 식사를 필요로 하는 사람을 즐겁게 해 주고, 그 사람은 집을 텅 비우네.

우리는 우리가 한때 머물다 떠난다는 설 알지.

우리가 죽은 뒤에도 이렇다 할 만한 건 없다는 것도 알고.

9

언젠가 지진이 나면, 바라건대 내가 절망감에

내 버지니아 엽궐련 불이 꺼지게 내버려 두지 않았으면.

나, 베르톨트 브레히트는 오래전, 어머니 배 속에 있는 채

검은 숲 떠나 아스팔트 깔린 여러 도시로 흘러들었지.

※ 가톨릭에서 사고나 중병, 고령으로 죽음에 임박한 신자가 받는 성사.

2부
스벤보르 시편

독서하던 어떤 노동자의 의문점들

성문이 일곱 개나 되는 테베*는 누가 지었지?
이 책 저 책 모두 왕들 이름만 나오네.
왕들이 바위 조각을 질질 끌고 왔을까?
그리고 수차례 파괴되었던 바빌론은
누가 번번이 일으켜 세웠지?

황금빛 찬란한 리마**에서 인부들은 어떤 집에서 살았을까?
중국의 만리장성이 완성된 날 저녁
미장이들은 모두 어디로 갔을까?
위대한 로마에는 개선문들이 넘친다.
그 개선문들은 누가 세운 걸까?
로마 황제들은 어떤 사람들을 물리친 걸까?

수없이 노래로 예찬되는 비잔티움에는 시민을 위한 궁전들만 있
었을까?
전설에나 나오는 아틀란티스에서도 바다가 그곳을 삼켜 버린 밤에
물에 빠져 죽어 가던 사람들은 자신들의 노예들 이름을 고래고
래 불렀지.

젊은 알렉산더는 인도를 정복했다.
혼자 한 걸까?
시저는 갈리아를 정복했다.

적어도 요리사 한 명쯤은 곁에 두지 않았을까?
에스파냐의 펠리페 왕***은 자신의 무적함대가 침몰되자 울었지.
펠리페 왕 이외에는 아무도 울지 않았을까?
프리드리히 2세는 7년 전쟁에서 승리했다.
프리드리히 2세 외에 누가 또 승리했을까?

페이지마다 승리가 한 건씩이네.
승리의 향연은 누가 차렸을까?
10년마다 위인이 나오네.
거기 드는 부대 비용은 누가 냈지?

그토록 많은 보고들.
그토록 많은 의문점들.

---

* 고대 이집트 제국의 수도.

** 고대 잉카 제국의 중심지. 오늘날 페루의 수도.

*** 펠리페 2세(1517-1598). 에스파냐 사상 최대의 번영을 이룩함. 1588년에 영국을 공격하기 위해 편성된 대함대는 영국 해군에게 습격을 받아 패함.

망명길에 오른 노자가 도덕경을 적어 주었다는 전설[*]

1
나이 일흔이 되어 쇠약해지자
스승은 쉬고 싶은 마음이 간절했다.
그 나라에서는 선(善)이 또다시 약화되고
악(惡)은 또다시 힘을 얻어 날로 커졌기 때문이었다.
하여 스승은 신발 끈을 맸다.

2
스승은 꼭 필요한 것만 꾸렸다.
짐은 별로 없었다. 하지만 이것저것 몇 개는 되었다.
저녁이면 물던 담뱃대와
늘 읽던 작은 책
눈대중으로 챙긴 흰 빵.

3
골짜기를 보고 스승은 다시금 기뻐했다.
그리고 산맥에 이르는 길로 접어들자
그 기쁨을 잊었다.
노인을 등에 태운 황소는 신선한 풀을 씹으며
마냥 기분이 좋았다.
노인에겐 충분히 빠른 속도였기 때문이었다.

4

그런데 나흘째 되는 날 바위 속에서
한 세리(稅吏)가 길을 막고 물었다.
"세금 붙는 귀중품 있어요?" – "없소."
황소를 끌고 가던 동자가 말했다.
　　　　"이분은 가르치는 일을 하셨습니다."
그 말로 세금 낼 게 없다는 것이 밝혀졌다.

5

하지만 그 남자는 돌연 명랑한 얼굴로 다시 물었다.
"이분이 뭔가를 알아내셨니?"
소년이 말했다.
"흐르는 부드러운 물은 시간이 지나면 단단한 돌을 이깁니다.
아시다시피 강한 것이 지고 말지요."

6

해가 지기 전에 도착하려고
소년은 황소를 몰았다.
그 셋이 거무스름한 소나무를 빙 돌아 모습이 보이지 않을 즈음
갑자기 세리가 달려오며 외쳤다.
"이봐요! 잠깐만 멈춰 봐요!

7

노인장, 물이 어떻게 됐다고요?"

노인이 멈추어 섰다. "그것에 관심 있소?"

남자가 말했다. "전 일개 세리지만

누가 누구를 이기는 것에는 관심 있어요.

아시면 말씀해 주세요!

8

제게 적어 주세요! 이 아이에게 받아 적게 하세요!

그런 걸 혼자서만 아시고 그냥 가시면 안 됩니다.

저희 집에는 종이와 먹이 있어요.

저녁 식사도 있고요. 전 저기 살아요.

자, 그 정도면 되겠죠?"

9

노인은 어깨 너머로 사내를 바라보았다.

누덕누덕 기운 저고리. 맨발.

이마엔 주름살 한 가닥.

아, 노인에게 다가온 자는 승자(勝者)가 아니었다.

노인이 중얼거렸다. "자네도 관심 있다고?"

10

공손한 부탁을 거절하기에
노인은 너무나도 늙은 듯했다.
큰 소리로 이렇게 말했기 때문이다.
"뭔가 물으면 마땅히 답을 얻는 법."
소년이 말했다. "곧 날이 차가워질 거예요."
"좋아, 잠시 머물다 가자."

11

현자는 황소에서 내렸다.
둘은 이레 동안 글을 써내려 갔다.
세리는 음식을 가져왔다(암상인들에게
욕설을 퍼부을 때도 줄곧 목소리를 낮췄다).
마침내 일이 끝났다.

12

어느 날 아침, 소년은 세리에게
여든한 개의 격언을 건네줬다.
둘은 얼마간의 노자에 고마워하면서
소나무를 빙 돌아 바위 속으로 들어갔다.
사람이 그보다 더 공손할 수 있을까?

13

책에 번듯하게 이름이 적혀 있는

그 현자만을 칭송하지는 말자.

현자에게서 그의 지혜를 얻어내야 하기 때문이다.

그러므로 세리에게도 고마워해야 한다.

현자에게 지혜를 청했기에.

---

* 노자도덕경(老子道德經). 중국의 도가서. 춘추 시대 말기에 노자가 난세를 피하여 함곡관에 이르렀을 때 윤희(尹喜)가 도를 묻는 데에 대한 대답으로 적어 준 책이라고 전하나, 실제로는 전국 시대 도가의 언설을 모아 한(漢)나라 초기에 편찬한 것으로 추측된다.

분서(焚書)

해로운 지식이 담긴 책들을

공개적으로 태워 버리라고 정권(政權)이 명령해

곳곳에서 책을 실은 수레를 황소들에게

장작더미로 끌고 가게 하자

가장 훌륭한 작가 중 하나인 어떤 추방된 작가는

태워 버린 책들의 목록을 살펴보다가

자신의 책들이 누락된 사실을 발견하고는 화들짝 놀랐다.

불같이 화가 난 그는 후다닥 책상으로 달려가 권력자들에게 편지를 썼다.

제 것도 불태우세요! 그는 단숨에 써내려 갔다. 제 것도 태워요!

그렇게 해 주세요! 제 것들을 남겨 놓지 마세요!

제 책들에서 전 언제나 진실을 말하지 않았던가요?

그런데 이제 제가 당신들에게 거짓말쟁이 취급을 받고 있다니요!

명령입니다.

제 책들을 태워 버리세요!

장군님, 장군님의 탱크는 견고합니다

장군님 탱크는 숲을 싹 밀어 버리고 사람 수백 명을 깔아뭉개지요.
하지만 장군님 탱크는 흠이 하나 있습니다.
운전병이 필요합니다.

장군님, 장군님 폭격기는 견고합니다.
폭풍보다 빠르고 코끼리보다 무게를 더 잘 견디지요.
하지만 장군님 폭격기는 흠이 하나 있습니다.
조립공이 필요합니다.

장군님, 인간은 매우 쓸모가 많습니다.
하늘도 날 수 있고 서로 죽일 수도 있지요.
하지만 인간은 흠이 하나 있습니다.
인간은 생각할 수 있습니다.

후손들에게

1

난 정말 어두운 시대에 살고 있다!
순진한 말들은 어리석기 짝이 없다.
주름 하나 없는 이마엔 무심함이 어려 있다.
웃는 자는 아직 그 끔찍한 소식을 접하지 못했을 뿐.

나무들에 대한 대화가, 그 많은 비행(非行)에 대한
침묵을 내포하기에 거의 범죄 행위가 되는 시대는
도대체 어떤 시대란 말인가!
저기 느긋하게 길을 건너는 사람의
곤경에 빠진 친구들은 저 사람과
더는 연락이 되지 않는 걸까?

그렇다, 사실 난 아직 생계비를 번다.
하지만 내 말을 믿어다오. 그건 우연일 뿐이라는 사실을.
내가 하는 그 어떤 일도 배불리 먹을 수 있는 권리를 주지 않는다.
우연히 난 화를 면했다.
(운이 다하면 난 사라지겠지.)

사람들은 내게 말하지. 먹고 마셔! 그럴 수 있으니 기뻐해!
하지만 내가 먹는 게 굶주린 이에게서 빼앗은 것이고

내 잔에 담긴 물이 목마른 이가 갖지 못한 것이라면
어찌 내가 먹고 마실 수가 있단 말인가?
하지만 난 먹고 마신다.

나도 현명해졌으면 좋겠다.
옛 책들에 적힌 현명함은 다음과 같다.
세상 싸움에 끼어들지 말고
잠시라도 두려움 없이 지내고
폭력도 쓰지 말고
악을 선으로 갚으며
여러 소망을 이루려 하지 말고 잊어버리는 것,
그런 게 현명한 것이라고.
난 그런 것들을 하나도 할 수 없다.
난 정말 어두운 시대에 살고 있다!

2
굶주림에 허덕이던
무질서의 시대에 난 여러 도시로 갔다.
폭동의 시대에 난 사람들 사이로 갔다.
그리고 그들과 함께 분개했다.
내게 주어진 지상의 시간은
그렇게 흘러갔다.

나는 싸움의 틈바구니에서 밥을 먹었다.
살인자들 틈에 몸을 누이고 눈을 붙였다.
사랑은 데면데면 건성으로 했고
조바심치며 자연을 바라보았다.
내게 주어진 지상의 시간은
그렇게 흘러갔다.

내가 살았던 시대엔 길이란 길이 모두 늪으로 이어져 있었다.
언어는 학살자들이 나를 느끼고 알아채게 했다.
내가 할 수 있었던 건 거의 없었다.
하지만 지배자들은 내가 없으면 한층 더 맘 편히 집권했다.
나도 그걸 바랐다.
내게 주어진 지상의 시간은
그렇게 흘러갔다.

너무나도 힘이 없었다.
목표는 아득히 먼 곳에 있었다.
비록 내가 거의 도달하지는 못했지만
그 목표는 또렷이 보였다.
내게 주어진 지상의 시간은
그렇게 흘러갔다.

3

너희, 우리를 침수시킨 홍수에서 솟아날 너희는
우리의 무기력을 이야기할 때면
이 어두운 시대 또한 생각해다오.
너희가 겪지 않은
이 암흑의 시대를.

우리는 신발보다 더 자주 나라를 바꾸며
여러 차례 계급 전쟁을 치렀다.
불의만이 판치고 봉기(蜂起)가 없을 때는 절망한 채.

하지만 우리는 안다.
천박함에 대한 증오 또한
얼굴을 일그러뜨린다는 것을.
불의에 대한 분노 또한
목소리를 쉬게 만든다는 것을.
아, 우리는, 우호(友好)의 토대를 마련하려 했던
우리는 정작 우호적이지 못했다.

하지만 너희는,
인간이 인간을 도울 수 있게 되는 때가 오면

부디 너그러이
우리를 생각해다오.

할리우드

먹고 살려고 매일 아침
장터로 달려간다.
거짓말들을 사들이는 그곳으로
가슴 가득 희망 품고
난 장사꾼들 무리에 끼어든다.

악마탈

내 방 벽에는 일본의 목조가 걸려 있다.
금빛 니스칠을 한 사악한 악마탈이.
툭 튀어나온 관자놀이 정맥은
사악해지는 게 얼마나 힘든 것인지를 암시한다.
난 동정심을 느끼며 관자놀이 정맥을 바라본다.

나, 살아남았지

물론 난 잘 안다.
순전히 운이 좋아
그 많은 친구들과 달리 살아남았다는 걸.
하지만 지난밤 꿈속에서 친구들이
내 얘기 하는 걸 들었다.
"보다 강한 녀석들이 살아남는 거야."
난 내가 싫었다.

3부

어린이 십자군

1592년 울름

주교님, 전 하늘을 날 수 있어요.
재단사가 주교에게 말했어.
제가 어떻게 나는지 잘 보세요!
재단사는 날개같이 생긴 걸 들고
엄청나게 높은 교회 지붕 위로 올라갔어.
주교는 계속 걸어갔어.
새빨간 거짓말이야.
인간은 새가 아냐.
사람이 하늘을 나는 일은 절대 없을 거야.
주교가 재단사에 대해 말했지.

재단사가 죽었어.
사람들이 주교에게 말했지.
난리 났어요.
재단사의 날개가 산산조각 났어요.
재단사는 조각난 채 누워 있고요.
딱딱하기 그지없는 교회 광장에요.
주교가 사람들에게 말했어.
종을 울리세요.
재단사 말은 새빨간 거짓말이에요.
사람은 새가 아닙니다.
사람이 하늘을 나는 일은 절대 없을 겁니다.

씻기 싫어하는 아이 이야기

옛날에 어떤 아이가 있었어.
씻는 걸 싫어했지.
몸을 씻어 주면
얼른 재를 발라 몸을 더럽혔어.

황제님이 찾아오셨어.
계단 일곱 개를 오르셨지.
엄마는 수건을 찾았어.
더러운 아이를 말끔하게 닦아 주려고.

그런데 수건이 없지 뭐야.
아이가 황제님을 보기도 전에
황제님은 가 버리셨어.
아이는 수건을 달라고 할 수 없었지.

우리 형은 비행사였어

우리 형은 비행사였어.
어느 날 지도 한 장을 받았지.
형은 자기 비행기를 정비하고는
남쪽으로 몰고 갔어.

우리 형은 정복자야.
우리 국민에겐 공간이 부족해.
그래서 땅을 얻는 건
우리의 오랜 꿈이지.

우리 형이 정복한 공간은
산맥에 있어.
길이는 1미터 80센티.
깊이는 1미터 50센티.

시인과 철학자

독일에선 시인과 철학자를
사형 집행인이 잡아가네.
달과 별 빛나지 않을 땐
촛불이 유일한 빛이라네.

악마

제빵사님, 빵이 잘못 구워졌어요!
그럴 리 없어요.
아주 좋은 밀가루를 썼고
구울 때도 신경 썼어요.
그런데도 빵이 잘못 구워졌다면
그건 바로 악마 짓이에요.
그놈이 빵을 잘못 구운 거예요.

재단사님, 재킷 마름질이 잘못됐어요!
그럴 리 없어요.
내 손으로 바늘에 실 꿰고
가위질도 무척 신경 써서 했어요.
그런데도 마름질이 잘못됐다면
그건 바로 악마 짓이에요.
그놈이 마름질을 잘못한 거예요.

미장이님, 벽에 금이 갔어요!
그럴 리 없어요.
내 손으로 돌을 차곡차곡 쌓았고
회반죽 할 때도 신경 썼어요.
그런데도 벽에 금이 갔다면
그건 바로 악마 짓이에요.

그놈이 벽에 금이 가게 한 거예요.

수상님, 사람들이 굶어 죽었어요!
그럴 리 없어요.
난 고기도 안 먹고 포도주도 안 마셔요.
밤낮으로 여러분을 위해 연설합니다.
그런데도 여러분이 굶어 죽는다면
그건 바로 악마 짓이에요.
그놈이 여러분을 굶주리게 한 거예요.

여러분, 수상이 목을 맸어요!
그럴 리 없어요.
수상은 방 안에 틀어박혀 있었어요.
수천 명의 사람들이 지켜 줬어요.
그런데도 수상이 목을 맸다면
그건 바로 악마 짓이에요.
그놈이 수상의 목을 맨 거예요.

옛날 옛적에

옛날에 닭 한 마리가 있었어.
닭은 할 일이 하나도 없었지.
하품을 하며 모두를 바라보았어.
하지만 닭이 입을 쫙 벌리자
개가 말했어.
넌 이가 하나도 없구나!
닭은 치과 의사에게 갔어.
그리고 틀니를 샀어.
이젠 맘 편히 하품할 수 있지.
새 이가 있는 입으로.

옛 노래

하나. 둘. 셋. 넷.
아빠는 맥주 한 잔이 필요해.
넷. 셋. 둘. 하나.
엄마는 한 방울도 필요 없어.

겨울이면 창밖에서 새들이 기다리네

1
난 참새야.
애들아, 나 쓰러질 것 같아.
지난해, 까마귀가 상추밭에 있을 때
매번 너희에게 외쳤지.
먹을 거 조금만 주렴.
참새야, 이리 와.
참새야, 이 낟알 먹으렴.
그렇게 해 줘서 정말 고마워!

2
난 청딱따구리야.
애들아, 나 쓰러질 것 같아.
여름 내내 나무 쪼아 대며
해충을 몽땅 없앴지.
먹을 거 조금만 주렴.
청딱따구리야, 이리 와.
청딱따구리야, 이 낟알 먹으렴.
그렇게 해 줘서 정말 고마워!

3
난 지빠귀야.

애들아, 나 쓰러질 것 같아.
여름내 이른 새벽, 이웃집 정원에서
노래 부른 건 바로 나야.
지빠귀야, 이리 와.
지빠귀야, 이 낟알 먹으렴.
그렇게 해 줘서 정말 고마워!

어린이 십자군*

1939년 폴란드에서는
피비린내 나는 전투가 벌어졌어.
전쟁은 수많은 도시와 시골 마을을
황무지로 만들어 버렸지.

여동생은 오빠를, 아내는 남편을
군대에 빼앗기고
아이는 포화와 폐허 사이에서
엄마 아빠를 끝내 발견하지 못했어.

폴란드로부터는 그 어떤 소식도 더는 들려오지 않았어.
편지도 신문 기사도 없었고.
하지만 여러 동쪽 나라에서는
이상야릇한 이야기가 퍼져 나갔어.

사람들이 폴란드에서 시작된
어린이 십자군 얘기를 서로 나눴을 때
어느 동쪽 도시에서는
눈이 펄펄 내렸어.

그곳에서는 한 작은 무리의 아이들이 굶주린 채
국도를 따라 종종걸음으로 내려가고 있었어.

아이들은 포격당한 여러 시골 마을에 서 있던
아이들도 데리고 갔어.

아이들은 전쟁에서
그 모든 악몽에서 벗어나고 싶었어.
그리고 어느 날
평화로운 나라로 가고 싶었지.

그곳에는 나이 어린 지도자가 있어서
아이들에게 용기를 북돋워 줬지.
지도자는 걱정이 태산이었어.
어느 길로 가야 할지 몰랐거든.

열한 살짜리 여자아이가 끙끙거리며
네 살배기 남자아이를 데리고 갔어.
엄마로서 필요한 건 다 갖고 있었는데
평화로운 나라 하나만 없었지.

우단으로 만든 깃을 단 옷을 입은
어린 유태인 남자아이가 무리 가운데 걸어가고 있었어.
그 아이는 늘 새하얀 빵을 먹고 살았지만
잘 견뎠어.

깡마른 잿빛 머리 남자아이도 함께 갔는데
시골 마을에서는 멀찌감치 떨어져 있었어.
엄청난 죄를 지었거든.
그 아이는 나치 외교관 집 아이였어.

무리 중에는 개도 한 마리 있었어.
잡아먹으려고 붙들어 둔 것이었지.
하지만 차마 그렇게는 못하고
데리고 다니면서 먹이를 줬어.

거기엔 학교도 있었어.
나이 어린 선생님이 글씨를 멋지게 쓰는 법을 알려 줬지.
그리고 한 학생은 글을 배워
포격으로 박살 난 탱크 표면에 평ㅎ…라고** 썼어.

그곳엔 사랑도 있었어.
여자아이는 열두 살, 남자아이는 열다섯 살이었어.
포격당한 한 농가에서
여자아이는 남자아이의 머리를 빗겼어.

사랑은 오래가지 못했어.

날씨가 너무 추웠거든.
그토록 많은 눈이 그 어린 나무 위로 내렸으니
나무가 어떻게 꽃을 피울 수 있었겠니?

그곳에선 장례식도 한 번 치렀어.
우단으로 만든 깃을 단 옷을 입은 유태인 소년의 장례식.
독일 소년 두 명과 폴란드 소년 두 명이
그 아이를 무덤으로 옮겼어.

그 아이를 땅속에 묻기 위해
신교도, 구교도, 나치가 모였어.
장례가 끝날 즈음 한 어린 사회주의자는
살아 있는 사람들의 미래에 대해 연설을 했어.

이처럼 그곳에는 믿음과 희망이 있었어.
없는 건 고기와 빵뿐이었지.
그 아이들에게 먹을 것을 주지 않는 자는
그 아이들이 설령 도둑질을 했다 해도 꾸짖지 못하지.

또한 그 아이들을 불러 밥을 주지 않은 가난한 남자를
그 누구도 나무라서는 안 되지.
아이 50여 명.

중요한 건 밀가루지, 희생정신이 아니었어.

아이들은 주로 남쪽으로 행진했어.
남쪽은 낮 열두 시에
해가 중천에 뜨는 곳.
똑바로 가면 되지.

아이들은 전나무 숲에서
부상당한 병사를 발견했어.
아이들은 병사를 일주일 동안 간호했어.
병사에게서 길을 알아내려고.

병사는 아이들에게 빌고라야로 가라고 했어!
병사는 열이 펄펄 끓다가
여드렛날에 아이들 눈앞에서 죽었어.
아이들은 병사도 묻어 줬어.

눈보라에 뒤덮이긴 했지만
도로 표지판이 여러 개 서 있었어.
하지만 그것들은 바른 방향을 가리키지 않았어.
전부 다른 방향으로 돌려져 있었지.

누가 못된 장난을 친 게 아니고
군사 작전상 그렇게 된 것이었겠지.
그래서 아이들은 빌고라야를 찾아갔지만
끝내 발견하지 못했어.

아이들은 자신들의 지도자 주위로 빙 둘러섰어.
지도자는 눈 내리는 하늘을 바라봤어.
그러고는 작은 손으로 가리키며 말했어.
분명히 저쪽일 거야.

한번은 밤에 총포가 보였지.
아이들은 그쪽으로 가지 않았어.
또 한 번은 탱크 세 대가 지나갔고
그 안에는 사람들이 타고 있었지.

한번은 어떤 도시에 이르렀어.
그런데 그곳을 빙 둘러 갔어.
그곳을 완전히 벗어날 때까지
아이들은 밤에만 행진했어.

오래전 폴란드 남동부에서
눈보라가 세차게 휘몰아칠 때

사람들은 쉰다섯 명의 아이들을
마지막으로 봤지.

나, 눈 감으면 그 아이들이
포격당해 폐허가 된 농가와 농장에서
포격당해 폐허가 된 다른 농가와 농장으로
이리저리 떠도는 모습 보이네.

그 아이들 위에, 하늘 높이 떠 있는 구름 속에서
또 다른 여러 행렬이, 기나긴 새로운 행렬이 지나가네!
오갈 데 없는 자들이, 길 잃은 자들이
칼바람 맞으며 힘겹게 떠도는 모습 보이네.

포성도, 포화도 없는 평화로운 나라를
떠나온 곳과는 다른 나라를
찾아 떠도네.
행렬은 한없이 길어지네.

그러나 희미한 빛 사이로
행렬 모습은 온데간데없고
방금 전과는 다른 작은 얼굴들이 보이네.
스페인 아이, 프랑스 아이, 황인종 아이들의 얼굴이!

그해 1월, 폴란드에서
개 한 마리가 붙잡혔어.
앙상한 목에는
종이 안내판이 걸려 있었지.

거기엔 이렇게 적혀 있었어.
제발 도와주세요! 더는 길을 못 찾겠어요.
우린 모두 쉰다섯 명이에요.
개를 따라오면 돼요.

올 수 없으면
개를 쫓아 버리세요!
쏘지는 말고요.
우리 있는 데 아는 건 멍멍이뿐이에요.

그건 아이들의 글씨체였어.
농부들이 그걸 읽었어.
그로부터 1년 반이 흘렀어.
개는 굶어 죽었어.

---

* 원제는 어린이 십자군 1939년(Kinderkreuzzug 1939). 1212년 중세 십자군 전쟁
중 수천 명의 프랑스와 독일 소년 소녀들로 어린이 십자군이 결성된 사건을 바탕
으로 한 시. 이들은 악덕 상인들에 의해 노예로 팔리거나 기아·질병·난파 따위로
생명을 잃고 예루살렘에 도달하지 못함.
** 글을 제대로 쓰지 못한다는 것을 뜻함.

어뤼이들의 부탁

집들이 불타지 않았으면 좋겠어요.
폭격기 같은 건 몰랐으면 좋겠어요.
밤에는 잠만 잤으면 좋겠어요.
살면서 벌 안 받았으면 좋겠어요.
엄마들이 울지 않았으면 좋겠어요.
아무도 사람 죽이지 않았으면 좋겠어요.
모든 사람들이 무언가 해낼 수 있으면 좋겠어요.
그럼 서로서로 믿을 수 있을 거예요.
젊은 사람들이 그렇게 하면 좋겠어요.
늙은 사람들도 그렇게 하면 좋겠어요.

어린이 찬가*

기품은 수고를 아끼지 않고
열정은 오성을 아끼지 않지.
훌륭한 다른 나라처럼
훌륭한 독일이 활짝 꽃피도록 하기 위함이라네.

민중이 어떤 여자 강도 앞에 있을 때처럼
얼굴이 새파랗게 질리지 않고
다른 민족들에게 손 내밀듯
우리에게 그렇게 하기 위함이라네.

우리는 다른 민족들 위에도
다른 민족들 밑에도 있고 싶지 않네.
바다에서 알프스산맥에 이르기까지
오더강에서 라인강에 이르기까지.

우리는 이 나라를 개혁하기에
우리는 이 나라를 사랑하고 비호하네.
다른 민족들에게 그들 나라가 가장 사랑스럽듯
우리는 이 나라가 가장 사랑스럽다네.

* 브레히트가 1950년, 동독에 체류할 때 지은 이 시는 같은 해 〈의미와 형식〉이
라는 잡지에 '동요'라는 제목으로 실린 시들 중 한 편이다. 그가 이 시를 쓴 배경은
다음과 같다. 1945년 독일이 제2차 세계대전에서 연합국에 항복할 때까지 독일의
국가는 민족주의 시인 아우구스트 하인리히 폰 팔러스레벤이 지은 〈독일인의 노
래〉가 공식 채택되어 쓰이고 있었으며, 이 시의 1연의 서두인 〈독일, 모든 것 위
에 있는 독일〉이란 제목으로 불렸다. (현재는 〈독일인의 노래〉 중 전쟁 당시 의미
가 변질되었던 1, 2연을 제외하고 3연만을 따와 국가로 사용하고 있다.) 브레히트
는 〈독일인의 노래〉에서 독일의 정치적 야욕으로 해석될 수 있는 내용을 이웃 나
라들과 평화롭게 공존해야 한다는 내용으로 바꿔 〈어린이 찬가〉를 지었다. 한스
아이슬러가 곡을 붙인 이 노래는 동독에서 널리 불렸으며 독일이 통일된 후에는
논란의 여지가 있는 현존 국가 대신, 평화로운 공존을 상징하는 브레히트의 〈어린
이 찬가〉를 국가로 채택하자는 의견이 오늘날까지도 나오고 있다.

4부
부코브 비가

해결책

6월 17일, 봉기가 일어난 뒤
작가 동맹의 비서는 키 큰 나무들로 둘러싸인
스탈린 거리에 전단을 배포하게 했다.
거기엔 이렇게 쓰여 있었다.
인민은 불법 행동으로 정부의 신뢰를 잃었다.
곱절의 노동으로만
신뢰를 되찾을 수 있다.
정부가 인민을 해산시키고
다른 인민을 선택하는 게
더 간단하지 않나?

연기

호숫가 나무들 밑 작은 집
지붕에서 연기 피어오르네.
저 연기 없다면
집, 나무들, 호수는
얼마나 황량할까.

차바퀴 갈아 끼우기

난 길가에 앉아 있고
운전기사는 바퀴를 갈아 끼운다.
난 내가 떠나온 곳이 마뜩지 않다.
이 차 타고 갈 곳 또한 그렇다.
차바퀴 갈아 끼우는 모습을
왜 난 초조하게 바라보는 걸까?

화원

호숫가, 전나무 숲과 은백양나무 사이 깊숙한 곳에
담장과 덤불에 감싸인 정원.
어찌나 현명하게 꾸몄는지
3월부터 10월까지 다달이 꽃 피네.

이따금씩 아침이면 나, 이곳에 앉아 있네.
그리고 날씨가 어떻든, 화창하든 궂은 날이든
나 역시 늘 이런저런 호감 가는 걸
보여 줄 수 있기를 소망하네.

5부
묘비는 필요 없다네

어머님께 바침

어머니 돌아가시자 사람들은 그분을 땅속에 묻었다.
꽃들이 자라나고 그 위로 나비들이 팔랑거린다.
호리호리 가벼운 어머니는 흙을 거의 내리누르지 않으셨다.
얼마나 고통 겪으셨기에 그토록 가벼워지셨을까!

승객

수년 전에 내가 운전을 배울 때
선생님은 담배를 피우라고 명령했다.
교통이 혼잡스럽거나 급커브를 돌 때 담뱃불이 꺼지면
선생님은 나를 운전석에서 쫓아냈다.
또한 선생님은 내가 운전할 때 우스갯소리를 했다.
내가 운전에 완전히 몰두한 나머지 웃지 않으면
내게서 운전대를 빼앗았다.
선생님이 말했다. 난 불안해.
난, 승객은 운전자가 지나치게 운전에 열중하면 깜짝 놀라거든.

그 뒤로 난 일을 할 때면 거기 푹 빠져들지 않도록 애쓴다.
주변의 많은 것들에 주의를 기울이고
짬짬이 대화를 하려고 일을 중단한다.

담배도 피울 수 없을 정도로
빠른 속도로 차를 모는 습관도 버렸다.
난 승객을 생각한다.

당신들은 아무것도 배울 생각이 없다더라

내가 듣기로 당신들은 아무것도 배우고 싶어 하지 않는다더라.
당신들은 백만장자인가 보다.
당신들의 미래는 안전하게 보장되어 있다.
당신들 앞에 놓인 미래는 밝다.
당신들의 부모는 당신들 발이 어떤 돌부리에도 채이지 않도록
챙겨 줬다.
그러니 당신은 아무것도 배울 필요가 없다.
지금 모습 그대로 있어도 된다.

내가 들은 대로 시대가 불안해서
설사 어려운 일들이 일어난다 해도
당신은 아무 일 없이 잘 지내기 위해
무엇을 해야 하는지를
정확하게 말해 줄 지도자들이 있다.
그들은 어떤 시대에도 통하는 여러 진리와
언제나 도움이 되는 방책들을 알고 있는 자들에게서
그러한 것들을 모조리 모아 놓았다.

당신을 위해 이토록 많은 이들이 있으니
당신은 손가락 하나 까딱할 필요가 없다.
물론 사정이 달라진다면
당신도 배워야 할 것이다.

시작의 기쁨

오 시작의 기쁨이여! 오 이른 아침이여!

푸르름이 무엇인지 잊은 듯할 때 눈에 띄는 첫 번째 풀잎!

기대하던 책의 놀라운 첫 페이지!

천천히 읽어라. 아직 읽지 않은 부분이 너무도 빨리 얇아진다!

땀 흘린 얼굴에 가장 먼저 끼얹는 물!

말끔하고도 상큼한 셔츠!

오 사랑의 시작!

이리저리 떠도는 시선!

오 일의 시작!

차가운 오토바이에 기름을 가득 채우는 것!

모터가 시동 걸릴 때 손의 첫 번째 움직임과 첫 번째 윙윙 소리!

폐부를 가득 채우는 담배의 첫 모금!

그리고 너, 새로운 생각!

민주적인 판사

미합중국 시민이 되려고 애쓰는
사람들을 탐문하는 로스앤젤레스 판사 앞에
한 이탈리아 식당 주인이 왔다. 진지하게 준비했건만
유감스럽게도 새로운 언어를 모르는 결함 때문에
그는 심사를 받던 중
개정안 제8조가 무슨 뜻이죠? 하고 판사가 묻자
우물쭈물하다가 이렇게 대답했다.
1492.
법률은 시민권 신청자의 국어 지식을 정하고 있으므로
그의 신청은 기각되었다.
그는 공부를 더 열심히 했건만 새로운 언어 지식은 여전히 부족
했다.
석 달 뒤, 그는 다음과 같은 질문을 받았다.
남북전쟁에서 승리한 장군은 누구죠?
그는 이렇게 대답했다(큰 목소리로 상냥하게 말했다).
1492.
이번에도 그냥 돌아왔다. 세 번째로 온 그는
대통령 선거는 몇 년마다 치르죠? 하고 판사가 묻자
이번에도 이렇게 대답했다.
1492.
이제 그 남자가 마음에 든 판사는
그가 새로운 언어를 배울 수 없다는 것을 깨닫고는

그가 어떻게 살고 있는지 알아보았다.

그리고 그가 힘든 일을 하고 있다는 것을 알게 되었다.

그가 네 번째로 나타났을 때, 판사는 그에게 질문을 던졌다.

언제

아메리카가 발견되었죠?

1492년이라는 정답을 말한 결과, 그는 시민권을 획득했다.

즐거움

아침에 처음으로 창밖 내다보기

다시 찾아낸 오래된 책

감격에 겨운 얼굴들

눈, 계절의 바뀜

신문

개

변증법

샤워, 헤엄치기

옛 음악

편안한 신발

이해하기

새로운 음악

글쓰기, 어린 식물 심기

여행하기

노래하기

친절하기

질문

무슨 옷 입고 있는지 편지로 써 줘! 따뜻해?
어떤 모습으로 누워 있는지 편지로 써 줘! 살포시 누워 있기도 해?
지금 어떤 모습인지 편지로 써 줘! 아직도 여전해?
네게 무엇이 없는지 편지로 써 줘! 혹시 내 팔?

어떻게 지내는지 편지로 써 줘! 사람들이 귀찮게 굴지 않아?
사람들이 무얼 하는지 편지로 써 줘! 넌 충분히 용감하니?
무얼 하는지 편지로 써 줘! 좋은 일이기도 한 거야?
무슨 생각 하는지 편지로 써 줘! 내 생각해?

그런데 난 네게 질문만 썼네!
어떤 대답을 하는지 들리는 것 같아.
네가 피곤해도 난 아무것도 가져다줄 수 없네.

네가 굶주려도 난 먹을 걸 줄 게 없네.
이 세상에서 내가 꼭 사라진 것만 같아.
내가 세상을 잊어버린 것처럼 더는 없는 거지.

약점

넌 하나도 없었지.
난 딱 한 개 있었고.
사랑했다는 약점.

이파리 하나 보내 줘

이파리 하나 보내 줘.
자기 집에서 반시간 넘게 걸리는 곳에서
자라고 있는 떨기나무에서 따야 해.
그러려면 그곳까지 걸어가야겠지. 튼튼해질 거야.
귀여운 이파리 고마워.

아침저녁으로 읽네*

내 사랑하는 이
말했지.
내가 필요하다고.

하여
난 스스로를 돌보지.
길을 걸으면서도 조심하고.
빗방울 하나하나도 무섭네.
행여 날 때려죽일라.

---

* 이 시는 브레히트가 1934년, 덴마크에서 만나 사귄 여배우 루트 베를라우에게
보낸 편지에 실린 작품이다. 시적 화자는 여성이지만(독일어 문법을 살려 번역하
면 첫 행은 다음과 같다. "내가 사랑하는 남자가 말했지.") 브레히트의 여성관을
살펴볼 때, 이 시의 숨은 시적 화자는 브레히트 자신이라고 할 수 있다. 자신의 문
학관에서 '사용'을 강조한 브레히트는 여성과의 관계에서도 활용성을 중시했다.
배우로 활동하면서 동화와 희곡을 썼던 루트 베를라우는 브레히트에게 문학적으
로 큰 도움을 주었다.

사랑에 대한 테르치네*

커다란 곡선 그리며 날아가는 저 두루미들을 보렴!
함께 있던 구름들 밖으로 빠져나가
한 삶에서 또 다른 삶으로 날아가자

구름들은 이내 두루미들을 따라갔지.
두루미들과 구름들은 같은 높이, 같은 속도로
나란히 날아가나 봐.

두루미도 구름도 이곳에서 좀 더 머물지 않으려나 봐.
잠시 함께 비행하는 아름다운 하늘을
두루미들은 구름들과 공유하려나 봐.

나란히 날아가는 두루미와 구름은 바람을 느끼지.
바람 속에서 서로의 흔들리는 모습만
보이나 봐.

바람은 그렇게 그들을 무(無)로 슬쩍 데려갈지도 몰라.
두루미와 구름이 사라져 버리지 않고 그대로 비행한다면
그동안은 그 어떤 것도 두루미와 구름에게 손가락 하나 대지 못
할 거야.

그동안은 금방이라도 비가 쏟아질 듯하거나

총성이 울리는 곳으로부터 그들을 몰아낼 수 있지.
그처럼 이 세상 어느 곳에서도
그들은 날아가리. 서로에게 완전히 예속된 채.

너희, 어디로 가니?
　　　　아무 데도 안 가.

누구로부터 멀어진 거니?
　　　　모든 이들로부터.

너희, 그들이 언제부터 함께였냐고 묻는 거지?
얼마 안 됐어.
　　　　그들이 언제 헤어질 거냐고?
　　　　　　　　곧 그럴 거야.
이처럼 사랑은 연인들에게 버팀목으로 보이지.

＊3개의 시행이 하나의 연을 이루는 이탈리아 시 형식. 단테의 〈신곡〉이 대표적임.

묘비는 필요 없다네

난 묘비 필요 없다네.
그러나 자네들이 나를 기억하기 위해
그게 필요하다면
다음과 같이 써 줬으면 하네.
그는 몇몇 제안을 했고
우린 그걸 받아들였노라
그런 묘비명을 쓰면
우린 모두 존중받을 걸세.

당나귀 장난감을 바라보며 글을 썼던
독일 작가 베르톨트 브레히트

20세기 독일을 대표하는 극작가이자 세계적인 명성을 얻은 베르톨트 브레히트는 58세의 나이로 삶을 마감할 때까지 현실에 대해 비판적인 시각을 한순간도 잃지 않고 시·희곡·소설·노래집·방송극·시나리오·서평·논설문·연극 미학을 썼으며 방대한 양의 에세이를 집필했다. 또한 그는 일기에 자신의 창작 작업을 기록하고, 그것을 이론적으로 고찰했다.

50가지 이상 언어로 번역된 그의 작품은 매해 30만 부가 판매되며, 그의 희곡은 독일 극장에서 가장 많이 상연되는 작품이다. 1898년 독일 바이에른 주의 오래된 도시인 아우크스부르크에서 제지 공장에 근무하는 아버지의 맏아들로 태어난 그는 15세 때부터 시를 비롯한 여러 장르의 글을 쓰기 시작했다. 이듬해인 1914년, 그는 민족주의적인 시편들과 제1차 세계대전에 대한 논설문을 '베르톨트 오위겐'이란 가명으로 신문에 발표하며 이름을 알렸고, 20세 때부터는 여러 편의 희곡을 써서 호평받았다. 그의 희곡 「한밤의 북소리」는 독일에서 가장 훌륭한 희곡 작품에 수여하는 클라이스트* 문학상을 수상했고, 그 후 발표된 희곡들 역시 속속 무대에 올려졌다. 이렇듯 극작가로서 승승장구하던 브레히트는 전쟁의 부조리를 신랄하게 풍자한 「죽은 병사의 전설」이란 제목의 담시(譚詩) 때문에 나치당의 감시 대상 명단에 다섯 번째로 이름이 올랐다. 공산주의자로 간주된 그의 작품은 불온서적으로 낙인찍혀 1933년 5월 10일, 나치에 의해 불태워지고** 금지되었으며, 그 후 동·서독 분단 시절, 서독에서는 사회주의 이념에 빠진 작가라는 이유로, 또한 동독에서는 정통적이지 않은 미학 이론을 주창한다는 이유로 외면당했다. 하지만 1954년, 프랑스 파리에서 개최된 국제 연극제에서 그의 희곡 「억척어멈과 그의 자식들」이 1위에 입상하고, 장 폴 사르트르와 롤랑 바르트 등의 극찬을 받자, 독일인들은 비로소 그를 20세기 가장 중요한 작가로 인정했다.

---

* 1777~1811. 19세기 독일의 가장 위대한 극작가이자 소설가로 대표작은 1막으로 된 운문 희극 〈깨어진 항아리〉이다.

** 히틀러와 괴벨스를 비롯한 나치 수뇌부는 책을 나치 추종 도서와 나치 반대 쓰레기 도서로 구분해서 후자에 해당된다고 여긴 책들을 베를린 중심가에 위치한 베벨플라츠 광장에서 불태워 없앴다. 마르크스, 프로이트, 아인슈타인, 하이네 같은 유대인 석학들의 책을 비롯하여 토마스 만, 레마르크 등의 독일적이지 않은 문학 작품 역시 나치의 손에 의해 화염에 휩싸여 사라져 버렸다.

전통적인 연극과는 다른 새로운 형식의 '서사극(敍事劇)'*을 쓰고 연출가로 활동함으로써 세계적인 명성을 얻은 브레히트는 15세 때 일기에 "나는 항상 창작을 해야 한다."고 자신의 결심과 포부를 밝히고는, 그로부터 타계한 해까지 꼬박 43년 동안 희곡·산문·연극 미학 외에도 2,500여 편의 시를 썼다. 하지만 그의 서정시는 희곡 작품과는 달리 그가 죽은 후에야 비로소 주목받기 시작했다. 혹자는 그가 20세기 독일 시인들 중 가장 중요한 시인이라고 평가했고, 혹자는 그의 작품 중 미래의 독자들에게 기억될 작품은 희곡이 아니라 시라고 말했다.

15세 때부터 시작에 몰두한 브레히트는 22세 때부터 2년 동안 가장 왕성하게 시를 창작했다. 그리고 1927년, 첫 시집인 『베르톨트 브레히트의 가정 설교집』을 출간했다. 반체제 성향이 농후하고 비판적인 시각을 갖고 있었던 그는 이 시집에서 당대 널리 읽히고 이곳저곳에서 즐겨 인용되기도 하던 서정시들과는 전적으로 다른

* 브레히트는 당대의 사회 현실과 눈에 보이지 않는 사회적 연관성을 미학적인 차원에서 명확하게 보여 주고자 했다. 관객으로 하여금 등장인물들에 감정 이입하게 만듦으로써 허구의 연극 무대를 실제 현실로 착각하게 만드는 전통적인 아리스토텔레스적인 연극은 그러한 목적에는 부합하지 않는다고 생각한 그는 스물여덟 살이던 1926년, 서사극 형식을 고안하고, 그로부터 10년 뒤인 1936년 9월에 '소외 효과'라는 용어를 처음으로 사용했다. 무대 위에서 벌어지는 사건을 낯설게 느끼도록 만들어 극중 인물들과 거리를 두게 만드는 방법으로는 개막사와 폐막사, 스크린 위에 해설 자막이나 삽화 투영하기, 관객에게 말 걸기, 노래, 앞으로 전개될 내용 요약, 급격한 장면 변화, 조명과 밧줄을 노출시키기 등이 있다. 이러한 방법들을 통해 브레히트는 관객이 비판적인 시각을 갖고 지배 계층의 이데올로기에 내재한 모순을 깨닫게 하고자 했다.

시를 선보이고자 했다. 그는 당시의 서정시들이 감상적이고 기교적이며 사회와 완전히 단절되어 있다고 여겼다. 또한 브레히트는 그러한 전통적인 서정시들은 시적 화자의 주관적인 감정과 체험을 다루고, 독자를 시적 화자와 공감하도록 유도하기 때문에, 독자는 자신이 처한 현실 세계를 있는 그대로 느끼고 인식할 수가 없다고 생각했다. 그는 시민 계급의 문학 전통을 가차 없이 반박하고, 신랄하게 공격하고, 혹독하게 파괴하고자 했다. 또한 그는 자족하며 안일하게 사는 시민 계급의 속물 기질을 비꼬고 공격했으며, 당시의 경직된 도덕적 규범과 시민 사회의 관습을 파괴하고자 했다.

브레히트에게 시란 당대의 서정시인들처럼 자기 방의 책상에 앉아 고독하게 홀로 만들어 내는 대상이 아니라 소통의 대상이며, 삶의 모든 상황에서 독자들이 사용하도록 만들기 위한 것이었다. 이러한 목표를 이루기 위해 그는 독문학사에서 유례를 찾아볼 수 없는 새로운 형식*의 시집을 고안해 냈다. 시집의 제목, 시인들이 종종 쓰는 머리말 대신 소개된 글(독송(讀誦)의 사용 지침), 각 장의 표제 등이 바로 그것이다. 루터에 의해 확산된 전통적인 설교집에 익숙해 아름답고 숭고하며 종교적인 색채를 띤 서정시를 기대했던 독자는 사용 지침을 읽으면서 소스라치게 놀라게 된다. 시를 일상생활에서 사용하는 상품이나 물건처럼 사용하라는 시인의 요구,

---

* 『베르톨트 브레히트의 가정 설교집』은 5개의 독송(제1 독송 기원 행렬, 제2 독송 무상 수련, 제3 독송 연대기, 제4 독송 마하고니 노래, 제5 독송 죽은 이들을 기리는 짧은 시간 전례), 종장(「유혹에 빠지지 마라」), 「불쌍한 B. B.에 대해」란 표제를 지닌 부록으로 구성되어 있다.

시의 소재와 내용, 시 감상법과 감상할 때의 마음가짐 등에 대한 시인의 설명이 서정시에 대한 기대 심리와 고정관념을 일시에 깨뜨리기 때문이다. 시집의 제목과 각 장의 표제는 기독교적인 형식을 취하고 있지만, 내용적인 측면에서 보면 브레히트가 시종일관 추구했던 것, 곧 종교적인 면은 자신의 작품에 발을 들여놓을 틈을 조금도 허락하지 않았다는 사실을 독자는 알게 된다.

〈제1독송 기원 행렬〉에서는 사회에서 소외되고 배척당한 범죄자들을 다룬 시들이 실려 있다. 그중 하나가 「아펠뵈크 또는 들에 핀 백합」이다. 이 시는 16살 난 소년이 자신의 부모를 살해한 실제 사건을 바탕으로 창작되었다. 브레히트는 사용 지침에서 아펠뵈크는 열세 살짜리 소년이라고 언급한다. 소년의 범죄 원인은 실제 사건과 마찬가지로 이 시에서도 끝내 밝혀지지 않는다. 소년은 줄곧 '은은한 빛 속'에 있고, 하늘에 두둥실 떠 있는 '구름들'과 살랑살랑 부는 '여름 바람'이 소년의 집을 감싸고 있다. 시체 두 구가 부패하는 악취만 진동하지 않았다면, 그 온화하고 부드러운 분위기는 지속되었을 것이다. 악취가 심해지자 비로소 소년은 울음을 터뜨린다. 매일 정기적으로 그 집을 드나드는 두 사람(우유 배달하는 여자, 신문 배달부)은 아이 혼자 집에 있는 사실을 알면서도 아이의 부모에 대해 일절 묻지 않는다. 두 어른은 소년을 돌볼 생각은 눈곱만큼도 하지 않는다. 자신의 범죄 행위에 대해 일말의 심적 변화가 없는 소년을 떠올리며 우유 배달부는 중얼거린다. "그 애가 조만간/야코프 아펠뵈크가 한 번 더/불쌍한 제 부모 무덤을 찾아가기나 할까?" 시민 계급에 속하는 우유 배달부의 독백에는 자신의 행위에 대해 책임질 수 있는 능력이 결여된 아이—오늘날의 관점에서 보면 소년은 소아정신과 치료를 받아야 할 듯하다—를 도와주려는 의지는 조금도 보이지 않고 오로지 전통적이고 도덕적인 가치관만이 반영되어 있다.

이 시의 제목은 「아펠뵈크 또는 들에 핀 백합」이다. 십계명 5조와 6조*를 어긴 이 소년은 들에 핀 한 송이 백합**인 것이다. 브레히트는 독자로 하여금 시민 계급이 추종하는, 안정되어 보이지만 편협하고 냉담한 사고 그리고 기독교 교리와 거리를 두고 비판적으로 생각하게 한다. 시민 계급의 가치관에 대한 비판적 시선은 역시 실제 사건을 모티브로 창작된 「영아 살해범 마리 파라에 대해」에서도 찾아볼 수 있다.

『베르톨트 브레히트의 가정 설교집』이란 시집 제목과 시집의 여러 구성 요소에서 알 수 있듯이 브레히트는 시편들을 통해 기독교적 가치관에 정면으로 맞서 기독교 교리를 비판하고 부정한다. 「물에 빠져 죽은 소녀에 대해」, 「유혹에 빠지지 마라」***, 「위대한 감사의 송가」, 「세상의 친절함에 대해」와 같은 시들에서 그는 절대자에 대한 회의와 신의 무기력함과 신의 죽음을 묘사하고, 기독교가 약

---

* 5조: 어버이를 공경할 것. 6조: 살인하지 말 것.

** 마태복음 6장 28절에서는 백합에 대해 이렇게 말하고 있다. "들의 백합화가 어떻게 자라는가 생각하여 보라. 수고도 아니 하고 길쌈도 아니 하느니라."

*** 브레히트는 『베르톨트 브레히트의 가정 설교집』의 종장에 이 시 한 편을 수록했다. 그는 자신의 시집을 읽을 때면 매번 이 시를 마지막으로 읽으라고 권했다.

속한 내세를 부정한다. 내세의 구원이라는 이데올로기를 위해 지금 여기의 고통과 희망을 담보로 잡히지 말고, 차갑고 냉엄한 현실의 모습을 현실의 본질 중 하나로 인정하고, 지금 여기에서 각 개인의 삶을 활짝 꽃피우라고 역설한다.

또한 브레히트는 「죽은 병사의 전설」*에서 빌헬름 2세 시대의 권력 기구의 문제성을 신랄하게 폭로한다. 이 시에서는 고위 관직에 있는 인물들(황제, 신부, 군위관 등)이 희화되고 조롱과 풍자의 대상이 된다. 황제는 전쟁이 끝나지 않자 전쟁터에서 성실하게 적과 싸우다 숨진 병사를 무덤에서 파내게 한다. 의무위원회와 군의관은 이의를 제기하지 않고 황제의 명령에 순순히 따른다. 인간의 영혼을 위로해 주고 삶의 길과 죽은 뒤 부활의 길을 제시해야 할 신부 역시 그 일에 동참한다. 기독교 교리에 의해서가 아니라 황제의 명령에 따라 부활한 병사는 여전히 시체의 지독한 악취를 풍기면서 "술에 떡이 된 원숭이처럼" 그들 사이에 끼인 채로 행진한다. "책임지고 영웅적인 죽임을 맞이했"던 것처럼 이번에도 역시 "자신이 배운 대로 영웅적인 죽음을 맞이하기 위해"서이다. 자신의 머리로 사고하고 행동하지 못하는 병사는 죽은 뒤에도 살아 있을 때와 마찬가지로 마리오네트처럼 행동한다. 이 시에서는 무조건적인 충성을 강요하는 황제, 복종과 애국심을 칭송하는 사회, 기독교의 위선적인 모습 등이 가차 없이 폭로된다.

---

* 이 시는 1934년 파리에서 출간된 『노래 시 합창』이란 제목의 작품집에 다소 수정되어 실렸다. 이 책에는 수정된 시를 바탕으로 번역되었다.

전쟁의 참상과 전쟁에 대한 근본적인 문제점을 생각하게 하지만, 결점 많은 어른들이 등장하는 「죽은 병사의 전설」과는 달리, 어린이들이 등장해 자신들만의 방식으로 문제에 대처하는 모습이 형상화된 시는 바로 「어린이 십자군」이다. 이 시는 1212년 조직된 소년십자군을 바탕으로 한 작품이다. 1939년, 폴란드에서 전투가 벌어지자,* 아이들은 평화로운 나라를 찾아 무작정 길을 떠난다. 아이들에게는 종교도, 이념도, 인종도 문제가 되지 않는다. 아이들은 오로지 평화로운 곳으로 가고 싶다는 간절한 소망을 품고 함께 행진한다. 「죽은 병사의 전설」과는 달리, 아이들은 스스로 생각하고 협동하며 끝내 희망을 버리지 않는다.

브레히트는 『베르톨트 브레히트의 가정 설교집』에서 루터교 기도서를 비틀어 패러디함으로써 자신만의 시 세계를 보여 주었다. 그는 여느 서정시집의 형식과 내용과는 전적으로 다른 방식, 곧 낯설게 보이게 하는 방식을 사용함으로써 독자들이 비판적인 안목을 갖고 스스로 생각할 수 있도록 교훈을 주고자 했다. 『베르톨트 브레히트의 가정 설교집』의 시들은 교회나 집에서 가까이 접할 수 있는 설교집이 전적으로 옳은 것은 아니라는 것을 일깨운다.

『베르톨트 브레히트의 가정 설교집』이 출간된 지 채 3년이 되기 전에 나치는 브레히트의 연극 공연을 집중적으로 방해하기 시작했다. 그는 나치가 권력을 장악하기 훨씬 전에 이미 그 위험성을 간파하고 연대를 형성해 파시즘에 저항해야 한다고 강력하게 주장했

---

* 나치 독일의 군대는 1939년 9월 1일 폴란드를 침공했다.

다. 나치에 의해 책이 불태워지고 시민권이 취소된 그는 나치가 계획적으로 야기한 제국의회 의사당 화재 사건이 일어난 다음날인 1933년 2월 28일, 가족과 함께 독일을 떠나 망명길에 올랐다. 일행은 체코슬로바키아, 오스트리아, 스위스, 프랑스를 거쳐 아내의 친구인 덴마크 여성 작가의 도움으로 덴마크에 정착했다. 그해 8월, 그는 퓌넨 섬의 스벤보르에서 집을 구해 망명 생활을 시작했다. 6년 동안 그곳에 머물면서 그는 희곡과 소설과 시를 쓰고 수차례 해외여행도 했다. 그의 연극은 덴마크에서 1933년과 1936년에 상연되었고, 1933년 집필한 첫 장편소설은 주목을 받았다.

한때 베를린국립극장 전속 배우로 활동하기도 했던 유대계 출신의 아내는 브레히트가 넓은 서재에서 나치의 파시즘에 대항하는 작품을 집필할 수 있도록 배려하고, 파리를 비롯한 여러 극장에서 연극 공연을 하기 위해 여행을 떠나기도 했다.*

모국에서 나치가 자행하는 악행을 비교적 상세히 알고 있던 브레히트는 자신의 문학의 목표를 사회 개혁으로 설정하고, 초기 시편들과는 전적으로 다른 성격의 시를 쓰기 시작했다. 『베르톨트 브레히트의 가정 설교집』이 비판적인 성격을 띠고는 있었지만, 표현

---

* 15년 8개월에 걸친 망명 생활 중 천재적인 연기력을 갖춘 배우라고 알려진 그의 아내 헬레네 바이겔이 연극 무대에 오른 횟수는 몇 차례 되지 않았다. 남편의 창작 작업을 존중한 그녀는 전통적인 아내의 역할에 충실했다. 그녀는 자식들을 키우고 살림을 하는 일 외에도 살 집을 구한다든가 서류상의 문제를 해결한다든가 하는 실질적인 일을 모두 혼자 도맡아 했다. 브레히트 일가가 동독에 정착한 이후, 그녀는 남편과 함께 극단 베를리너 앙상블을 창립해 함께 활동했다. 브레히트에게 그녀는 자신의 실험극을 이해하고, 완벽하게 배역을 소화하고, 문제점 또한 지적해 주는 최적의 작업 파트너였다.

주의의 영향을 받아 무정부주의적이고 허무주의적인 색채가 드리워져 있었던 반면, 첫 번째 망명지에서 창작된 시들에는 히틀러의 파시즘에 대한 맹공격과 신랄한 풍자가 이어졌다. 그는 나치의 허위 선전과 이데올로기의 허구성을 폭로하고 실제 현실의 모습을 시로 형상화함으로써 독자에게 주체적으로 결론을 도출하고 나치의 횡포에 맞서 대항할 것을 촉구했다.* 스벤보르에서 쓴 시편들은 1939년 코펜하겐에서 출간되었다.

『스벤보르 시편』에 수록된 시 중에서 권력자와 민중과 역사의 관계를 극명하게 보여 주는 시는 「독서하던 어떤 노동자의 의문점들」이다. 그 노동자는 시민 계급에 의해 쓰인 여러 권의 역사책에서 자신의 역할을 찾고자 하지만 권력자들의 업적만 발견할 뿐이다. 그는 그런 행위들을 가능하게 한 수많은 사람들의 노동에 대해선 단 한 줄의 언급도 없는 역사책들에서 자신의 질문에 대한 답을 끝내 얻지 못한다. 역사는 승자들에 의한 기록이며, 민중은 결코 주체가 되지 못한 것이다.

브레히트는 「후손들에게」에서는 나치의 야만적인 행위가 끝난 후 한층 더 친절한 세계를 건설하기를 바라는 소망을 그리고 있고,

---

* 브레히트는 28세 때 카를 마르크스의 『자본론』을 탐독하고 마르크스주의에 심취했다. 그는 현실과 이데올로기는 모순되며, 이러한 모순성을 통해 사회는 변화될 수 있다고 믿었다. 또한 그는 한 사회를 지배하는 이데올로기의 허구성을 가장 잘 폭로할 수 있는 방법은 변증법이라고 생각했다. 그는 자신이 살고 있던 시대를 사회적 인과 관계로 이루어진 복합체로 보고, 불의를 야기하는 사회적 구조를 인식할 수 있는 유일한 방법은 마르크스주의와 변증법적 사고라고 믿었다.

「망명길에 오른 노자가 도덕경을 적어 주었다는 전설」에서는 이상적인 사회를 묘사한다.

독자로 하여금 자신의 시를 사용하게 하고, 또한 사회를 개혁하려는 목표를 갖고 있던 브레히트는 덴마크에서 망명 생활을 하는 동안 13편의 동요*도 창작했다. 1920년대 초부터 동심에 관심을 갖고 있던 그는 더 나은 미래의 독일은 어린이들을 통해서 실현될 수 있다고 믿었다. 그리하여 그는 어린이들이 자신들이 처한 역사적 상황을 직시하고, 파시즘이나 전쟁 같은 현실의 문제점과 모순을 인식하고, 현실을 변화시키기 위한 방안을 모색할 것을 요구하는 동시를 지었다.**

브레히트는 「1592년 울름」에서 당대의 전통적 질서를 대표하는 사회 지배층의 권위를 신랄하게 풍자한다. 이 작품은 1811년 울름에서 실제 일어난 사건을 바탕으로 해서 창작되었다. 한 재단사가 신부에게 자신이 만든 날개로 새처럼 하늘을 날 수 있다고 주장한다. 재단사의 실험이 실패하자, 비로소 주교는 자신의 생각을 입밖에 낸다. 재단사가 도저히 가능하지 않은 일을 시도한 것이고,

---

* 브레히트는 문학 작품과 음악의 관계를 유의미하게 보았다. 그는 작곡가 쿠르트 바일이나 한스 아이슬러와 함께 작업했다. 브레히트는 독자를 계몽하기 위한 좋은 방법은 문학 작품에 곡을 붙여 노래를 만드는 것이라고 믿었다. 『스벤보르 시편』에는 그중 여섯 편이 실렸다.

** 브레히트의 동시는 당대의 전통적인 동시들과는 사뭇 달랐다. 도덕 교육용 도구로서의 동시나 순수 예술 작품으로서의 동시가 주류를 이룬 독일의 전통적 동시에서는 시민 계급의 이데올로기와 지배 이데올로기가 노골적으로 또는 은밀하게 반영되어 있었고, 현실의 모순을 묘사하는 것은 금기시되었다.

그런 시도는 영원히 성공할 수 없다고 말이다. 브레히트는 이미 비행기를 알고 있는 어린이들에게 역사적 사건보다 훨씬 이전 시점에서 이야기 시를 들려준다. 변화와 발전을 꿈꾸는 사람과 그 꿈을 지배 이데올로기로 일격에 부수어 버리는 사람이 있다는 것, 최고의 권위를 지닌 주교의 말이 옳지 않다는 것, 강압적이고 권위적인 그의 사고방식에 문제가 있다는 것 그리고 역사는 바뀔 수 있다는 것을 독자는 유추할 수 있다.

　나치 독재 정권하의 정치적인 상황은 「시인과 철학자」에서 잘 나타난다. 예술가들과 철학자들이 억압되고 탄압받는 현실이 단순한 동요의 형태로 형상화된다. 어린이뿐만 아니라 어른을 대상으로 한 이 짧은 시에는 서늘하면서도 날카로운 비판 의식이 담겨 있다. 또한 「악마」에서는 기독교에 대한 브레히트의 기본 입장이 잘 그려져 있다. 기독교적 통념을 방패 삼아 책임을 회피하려는 태도에 대해 그는 통렬한 비판을 가한다.

　1940년 4월 9일, 독일의 나치 군대는 덴마크와 노르웨이를 침공했다. 덴마크의 나치 당원들에 의해 시민권이 박탈된 브레히트는 가족과 함께 핀란드의 헬싱키로 피신한 뒤, 시베리아 횡단 급행열차를 타고 모스크바와 블라디보스토크를 거쳐 배를 타고 미국으로 향했다. 그는 할리우드 근교 산타모니카에 정착했다. 6년에 걸친 미국에서의 고달픈 망명 생활은 그렇게 시작되었다. 그가 미국을 최종 망명지로 택한 것은 미국의 영화계와 연극계에 진출하고 희곡론을 강의하고자 하는 희망을 품고 있었기 때문이었다. 하지만 그의 꿈은 이루어지지 않았다. 덴마크와 핀란드에서 여러 훌륭한 작품을 창작했던 것과는 달리, 그는 미국에서 흑백사진에 4행시를 곁들인 시집 『전쟁 교본』과 희곡 두 편 외에는 이렇다 할 성과물을 내지 못했다. 그는 미국에 도착한 지 채 1년도 안 되어 '적대적 외국인'으로 관청에 등록되고, 7개월 뒤인 1947년 9월에는 반미 행위 혐의로 미국 하원의 반미행위조사위원회로부터 출두 명령을 받았다. 그는 심문을 받은 직후 미국을 떠나 프랑스로 향했다. 그가 미국을 떠난 이유는 미국의 반공주의 때문이 아니라, 자신의 연극 공연을 감상해 줄 관객은 미국이 아닌 독일에 있다고 생각했기 때문이었다. 또한 당시 독일에서는 저자인 그의 허락을 구하지 않고 상연을 하는 경우가 종종 발생해서 베를린으로 돌아오라는 권유를 여러 차례 들었기 때문이기도 했다.

14년 8개월에 걸친 망명 생활을 뒤로 하고 브레히트는 자신의 여러 극작품이 초연되었던 스위스에 체류하고자 했지만, 당시 막 시작된 냉전 체제 하에서 비롯된 강력한 반공주의 때문에 뜻을 이루지 못했다. 그는 전후 독일의 상황이 예측하기 어려울 뿐만 아니라 분단될 조짐도 보이자, 외국에 머물면서 연극 작업은 베를린에서 하고자 했다. 그는 서방 점령 지역과 서베를린에서 입국 허가를 받지 못하자 1948년 10월 22일, 동베를린에 정착했다. 하지만 그가 그곳에 거주하기로 결심한 이유는 공산당에 입당해 정치적인 활동을 한다거나 그들의 이념에 동조하는 작품을 쓰고자 한 것은 아니었다. 그는 희곡을 창작하고 극작품을 무대에 올릴 수 있는 장소를 찾은 것뿐이었다. 당시 연극 공연을 할 수 있는 극장은 전부 동베를린에 있었고, 대화를 나눌 수 있는 지인들 역시 모두 그곳에 있었으며, 그가 생존했던 당시에는 국경이 엄격하게 통제되지 않아 누구나 쉽게 왕래할 수 있었다.

1949년, 그는 동독 공산당인 사회주의통일당의 허가를 얻어 아내와 함께 극단 '베를리너 앙상블'을 창단했다. 하지만 동독 정부는 그의 서사극에는 방향성을 제시하는 긍정적인 지도적 주인공이 등장하지 않고, 인민과는 거리가 먼 퇴폐주의를 장려한다고 비난했다. 또한 그의 실험극이 당의 의지에 반대된다고 여겨 첩자를 붙여 그를 감시했다.

쉰네 살의 브레히트는 체력이 떨어지고 나이 듦을 확인하고는 베를린 교외에서 조용한 집을 구하려고 했다. 1952년 3월, 그는 베를린에서 차로 한 시간 정도 떨어진 부코브라는 마을 앞 셰르뮈첼 호숫가에 있는 별장을 발견했다. 전원적이고 호수가 내려다보이는 아름다운 이곳에서 그는 극작가로서의 고충과 피곤하기 짝이 없는 도시 생활에서 벗어나 휴식을 취하고자 했다.

브레히트가 동독 정부를 신랄하게 비판하는 시를 쓰게 된 계기는 1953년 6월 17일, 베를린 노동자들의 대규모 시위 사건이었다. 과도한 노동량에 비해 턱없이 적은 보수를 받던 노동자의 불만과 분노가 표출되었던 이 대대적인 시위는 동독 전역으로 급속하게 확산되었다. 그 결과, 위기감을 느낀 동독 정부는 소련의 도움을 받아 무력으로 시위를 진압했다. 정부의 폭력적이고 억압적인 정책에 대해 부당성을 인식한 브레히트는 사회주의통일당 서기 장에게 항의 서한을 보내 '인민 대중과의 대타협'을 요구했다. 하지만 시위에 참가한 젊은이들의 표정에서 과거 나치주의자들의 모습을 떠올린 브레히트는 노동자들의 요구가 정당하다는 사실을 인정하면서도 사회주의의 지속적인 성장을 위해서는 시위 진압 정책이 필요하다고 생각했다.

같은 해에 그는 인민 봉기에 대한 당국의 억압 조치를 신랄하게 비판하는 시를 여러 편 지었다. 「해결책」, 「차바퀴 갈아 끼우기」 등이 바로 그러한 시편들이다. 「해결책」은 동독 작가동맹의 비서이자 사회주의통일당 중앙위원이었던 쿠어트 바르텔이 반정부 시위에 참가한 노동자들을 비판하며 한 요구, 곧 더욱더 많은 노동을 해서 국가에 봉사하라는 요구에 맞서 비판적으로 쓴 시이다. 베를린 노동자들의 대규모 시위 사건이 일어났던 1953년, 부코브 별장에서 쓴 시편들은 『부코브 비가(悲歌)』라는 제목으로 이듬해 초에 발표되었다.

『부코브 비가』에는 비판적인 시편들 외에도 간결하고 소박하며 부코브의 자연을 묘사한 시편들이 실려 있다. 브레히트는 부코브의 주위 환경이 자신이 늘 소지하던 고대 로마의 시인 호라티우스*의 시집을 읽기에 적당하다고 생각하고 다시금 집중적으로 읽었

---

* B.C. 65.-B.C. 8. 풍자시 · 서정시로 명성을 얻어 아우구스투스의 총애를 받았으며, 그의 시론(詩論)은 아리스토텔레스의 『시학』과 함께 후세에 큰 영향을 미쳤다. 우리나라에는 시집 『카르페 디엠』, 『소박함의 지혜』가 번역 · 출간되었다.

다. 독자에게 즐거움과 교훈을 주는 시를 쓰고자 했던 호라티우스를 귀감으로 삼았던 그는 부코브의 전원적이고 아름다운 풍경을 시로 형상화하고, 동시에 사회주의 체제에 내재한 모순을 묘사하고자 했다. 일견 단순한 자연을 묘사한 시로 보이지만 행간에는 현실에 대한 성찰이 담겨 있다. 그는 「해결책」과 같은 시에서 사회주의 동독의 문제를 직접적으로 매섭게 비판하는 한편, 이상적인 사회가 되기 위한 조건을 제시하고(「화원」), 끊임없이 이어지는 필연적인 변화를 통한 발전 과정에서 나타나는 긴장감을 묘사하고(「차바퀴 갈아 끼우기」), 인간의 삶은 유한하므로 매순간 삶에 충실하라고 조언한다(「연기」).

어릴 적부터 심장병을 앓고, 두 차례의 세계 대전을 겪고, 나치 치하의 기나긴 망명 생활 후 분단 독일에서의 삶을 살며 자신의 신념에 따라 한시도 긴장의 끈을 놓지 않고 창작과 연극 작업에 치열하게 몰두했던 극작가이자 시인, 수많은 어려움을 겪으면서도 결코 좌절하지 않고 풍자적 색채가 강한 유머 감각을 잃지 않았던 작가, 당나귀도 알아들을 만큼 쉽게 글을 써야 한다고 생각해서 자신의 책상에서 보이는 창가에 조그만 나무 당나귀*를 올려놓았다

---

* 브레히트는 덴마크에서 망명 생활을 할 때, 책상에서 바라보이는 창가에 조그만 나무 당나귀를 놓아두었다고 한다. 당나귀의 목에는 작은 표시판이 걸려 있었는데, 거기에는 "나도 곧바로 알아들을 수 있어야 해."라고 적혀 있었다. 브레히트는 자신의 문학이 전 국민을, 곧 모든 계층의 사람들을 계몽하는 데 이바지해야 한다고 생각한 것이다. 그는 문학 작품을 전혀 모르는 사람들도 자신의 작품을 이해할 수 있어야 한다고 굳게 믿었다.

는 작가, 베르톨트 브레히트는 1956년 8월 14일 밤, 평생 그를 따라다녔던 심장병이 악화되고 합병증이 겹쳐 심근 경색으로 사망했다. 그의 묘는 베를린에 위치한 도로테아 공동묘지에서 자신의 실험극에 지대한 영향을 미친 변증법을 탄생시킨 헤겔의 묘를 마주보고 있다.

옮긴이 **이 옥 용**

1957년 서울에서 태어났다. 서강대학교와 동대학원에서 독문학을 공부하고, 독일 콘스탄츠대학교에서 독문학과 철학을 공부한 뒤, 서울대학교에서 박사 학위를 받았다. 2001년 '새벗문학상'에 동시가, 2002년 '아동문학평론 신인문학상'에 동화가 각각 당선되었다. 2007년 동시로 제5회 '푸른문학상'을 받았으며, 지은 책으로 동시집 『고래와 래고』가 있다. 현재 번역문학가로도 활발히 활동하고 있으며, 옮긴 책으로 『변신』, 『압록강은 흐른다』, 『그림 속으로 떠난 여행』, 『데미안』, 『헤르만 헤세 환상동화집』, 『헤르만 헤세 시집』, 『싯다르타』, 『젊은 시인에게 보내는 편지』 등이 있다.

〈〈베르톨트 브레히트 연보〉〉

1898년 2월 10일 독일 바이에른 주 아우크스부르크에서 제지 공장에 근무하는 아버지 베르톨트 프리드리히 브레히트와 어머니 조피 브레히트 사이에서 맏아들로 태어남.

1904년 초등학교 입학.

1908년 아우구스부르크 실업김나지움 입학.

1914년 '베르톨트 오위겐'이란 가명으로 신문에 시와 논설문 발표. 제1차 세계 대전 발발.

1917년 김나지움 졸업. 뮌헨대학교 의과대학에 입학.

1918년 아우크스부르크 야전병원에서 위생병으로 근무. 담시 「죽은 병사의 전설」과 희곡 「바알」 집필.

1919년 희곡 「한밤의 북소리」 집필. 연인 파울라 반홀츠에게서 아들 프랑크가 태어남.

1920년 어머니가 병으로 사망. 처음 베를린을 방문함.

1921년 대학에서 제적됨.

1922년 희곡 「한밤의 북소리」 클라이스트 문학상 수상. 오페라 가수 마리안네 초프와 결혼. 이듬해 딸 한네가 태어남.

1924년 배우 헬레네 바이겔과 만나 아들 슈테판을 얻음. 베를린으로 이주. 당대 유명 연출가였던 막스 라인하르트의 극단 연출부에서 일함.

1927년 첫 시집 『베르톨트 브레히트의 가정 설교집』 출간. 마르크스의 『자본론』을 탐독함. 마리안네 초프와 이혼.

1928년 희곡 「서푼짜리 오페라」 초연이 대대적으로 성공을 거두며 극작가로서 입지를 굳힘.

1929년 헬레네 바이겔과 결혼. 독일의 평론가 발터 벤야민과 첫 만남.

1930년 희곡 「마하고니 시의 흥망성쇠」 초연.

1933년 제국의회 의사당 화재 사건이 일어난 다음날 가족과 함께 독일을 떠나 망명길에 오름. 체코슬로바키아, 오스트리아, 스위스, 프랑스를 거쳐 덴마크 스벤보르에 정착. 나치당에 의해 저작이 모두 불태워짐.

1934년 시집 『노래 시 합창』 출간. 여배우 루트 베를라우를 만남.

1935년 독일 국적이 박탈됨. 모스크바와 뉴욕 여행.

1939년 시집 『스벤보르 시편』 출간. 희곡 「억척어멈과 그의 자식들」 집필. 제2차 세계 대전 발발.

1940년 나치 군대가 덴마크와 노르웨이를 침공하자 핀란드로 피신했다가 시베리아 횡단 급행열차를 타고 러시아를 거쳐 배를 타고 미국으로 향함. 할리우드 근교 산타모니카에 정착.

1943년 희곡 「사천의 선인」과 「갈릴레오 갈릴레이의 생애」 초연.

1947년 반미 행위 혐의로 미국 하원의 반미행위조사위원회로부터 출두 명령을 받음. 심문을 받은 직후 미국을 떠나 프랑스로 향함. 이후 스위스 취리히로 건너가 옛 동료들과 재회.

1948년 동베를린에 정착.

1949년 헬레네 바이겔이 주연한 「억척어멈과 그의 자식들」의 독일 초연이 대성공을 거둠. 브레히트 전문극단 '베를리너 앙상블' 창단.

1952년 동베를린 근교의 부코브로 이주.

1953년 동베를린 노동자 시위에 대한 동독정부의 조치를 비판하기 위해 사회주의통일당 서기장에게 항의 서한을 보냄.

1954년 『부코브 비가』 출간. 국제 스탈린 평화상 수상.

1955년 사진시집 『전쟁 교본』 출간.

1956년 8월 14일 심근경색으로 사망. 생전의 바람대로 도로테아 공동묘지에 위치한 헤겔의 묘 맞은편에 안장됨.

나, 살아남았지 —베르톨트 브레히트 시선집

초판 1쇄 2018년 1월 30일
지은이 베르톨트 브레히트 | **옮긴이** 이옥용 | **펴낸이** 신형건
펴낸곳 (주)푸른책들·임프린트 에프 | **등록** 제321−2008−00155호
주소 서울특별시 서초구 양재천로7길 16 푸르니빌딩 (우)06754
전화 02−581−0334~5 | **팩스** 02−582−0648
이메일 prooni@prooni.com | **홈페이지** www.prooni.com
카페 cafe.naver.com/prbm | **블로그** blog.naver.com/proonibook
ISBN 978−89−6170−639−1 03850

ⓒ (주)푸른책들, 2018

이 도서의 국립중앙도서관 출판시도서목록(CIP)은 서지정보유통지원시스템 홈페이지
(http://seoji.nl.go.kr)와 국가자료공동목록시스템(http://www.nl.go.kr/kolisnet)에서 이용하실 수
있습니다.(CIP제어번호: CIP2017033644)

 에프 블로그 blog.naver.com/f_books